E L D

Red Dark Palace

Elderberry hodge

E L D

Willow bilas.

The Voles Hses

Dairy

Mill

Laundry

Butter meadow

when the wedding party ended up

THE PRIMROSE WOOD

찔레꽃울타리

BRAMBLY HEDGE

눈초롱의 아기들

질 바클렘 글·그림 | 강경혜 옮김

마루벌

질 바클렘(Jill Barklem)은 영국에서 태어나 세인트 마틴 미술 학교에서 일러스트레이션을 공부했다.
바클렘은 자신이 태어난 에핑 숲을 모델로 이상의 세계, 찔레꽃울타리를 만들었다.
구성하는 데 총 8년이 걸린 찔레꽃울타리 시리즈는 뛰어난 작품성으로 전 세계에서 인정받고 있다.

눈초롱의 아기들

질 바클렘 글·그림 | 강경혜 옮김

1판 1쇄 펴낸 날 | 2005년 12월 7일
2판 1쇄 펴낸 날 | 2024년 7월 30일

펴낸이 | 장영재 **펴낸곳** | 마루벌 **등록** | 2004년 4월 1일(제2004-000083호)
주소 | 서울시 마포구 성미산로32길 12, 2층 (우 03983) **전화** | 02)3141-4421
팩스 | 0505-333-4428 **홈페이지** | www.marubol.co.kr

Brambly Hedge : Poppy's Babies
Text and Illustrations Copyright © 1994 by Jill Barklem
First Published by HarperCollins Publishers Ltd., London, UK. All rights reserved
Korean Translation Copyright © 2005 by Marubol Publications
Korean edition is published by arrangement with HarperCollins Publishers through KCC.

KC인증 정보 **품명** 아동도서 **사용연령** 6세~초등 저학년 **제조년월일** 2024년 7월 30일 **제조국** 대한민국
연락처 02)3141-4421 서울시 마포구 성미산로32길 12, 2층 **주의사항** 종이에 베이거나 긁히지 않도록 조심
하세요. 책 모서리가 날카로우니 던지거나 떨어뜨리지 마세요.

찔레꽃울타리 마을

시냇물 건너 들판 저 너머 가시덤불이 **빽빽**이 뒤엉켜

자라고 있는 곳, 찔레꽃울타리 마을에는 아주 오래전부터

들쥐들이 나무줄기나 뿌리 사이 굴에서 살고 있었습니다.

사과 할머니

사과 할아버지

생활에 필요한 모든 것을 자연에서 얻고, 자연과 더불어

살아가는 찔레꽃울타리 마을의 들쥐들은 부지런히 일하며

삽니다. 날씨가 좋을 때면 덤불과 주변 들판에서 꽃,

열매, 과일, 견과를 모아 말리고

맛있는 잼과 절임을 만들어

다가올 추운 겨울을 위해 창고에

잘 간직해 둡니다.

마타리 씨와
마타리 부인

앵초

들쥐들은 열심히 일하면서 즐겁게 노는 것도 잊지

않습니다. 일 년 내내 생일이나 결혼식, 겨울 축제

같은 행사로 서로 축하해 주며

다정하게 지냅니다. 기쁜 일만 함께하는 것이 아니라

이웃에게 어려운 일이 생기면 힘을 모아 돕습니다.

머위

이른 봄날이었습니다. 숲 속 나무는 잎이 무성하고 냇물은 햇빛에
반짝거렸습니다. 강둑 옆 시원한 그늘에서 물레방아가 돌아가고
방앗간에서는 바위솔 아저씨가 찔레꽃울타리 마을의 들쥐들이 먹을
옥수수를 부지런히 빻고 있었습니다.
방앗간 이 층에서는 눈초롱 아주머니가 아기들을 재우려 애쓰고
있었습니다. 그렇지만 잠들 만하면 방아가 '쿵덕!' 하고
마루까지 울려 아기들을 깨웠습니다.
눈초롱 아주머니가 아래층으로 내려가는 문을 열자
'훅' 하고 밀가루가 얼굴을 덮었습니다.
눈초롱 아주머니가 말했습니다.
"여보, 빨리 좀 끝내요. 아기들 낮잠 잘 시간이에요."
"알았어요. 곧 끝낼게요."
바위솔 아저씨가 대답했습니다.
하지만 손님이 찾아왔을 때까지도 아기들은 깨어 있었습니다.

"여기까지 오는 데 계단이 아흔두 개나 돼요."

앵초가 숨을 몰아쉬며 말했습니다.

"아기들 데리고 정말 힘들겠구나."

앵초 엄마가 눈초롱 아주머니에게 따뜻하게 말했습니다.

"네, 너무 힘들어요."

눈초롱 아주머니가 곧 울음을 터뜨릴 것 같은 얼굴로 대답했습니다.

"아기들이 참 귀엽구나. 얘는 바위솔을 똑 닮았네."

앵초 엄마가 말했습니다.

"그 애는 도라지고 애는 망초예요. 막내가 으름이고요."

"어서 세례를 받는 날이 왔으면 좋겠어요. 얼마나 남았지요?"

앵초가 물었습니다.

"이틀 남았단다."

앵초 엄마가 대답했습니다.

마침내 방아가 멈추고 아기들이 잠들었습니다.

앵초 엄마와 앵초는 아기들이 깰까 봐 살금살금 돌아갔고

눈초롱 아주머니는 앉아서 쉬었습니다. 완전히 녹초가 되었거든요.

바위솔 아저씨는 옥수수 가루를 자루에 넣어서
저장 그루터기로 갔습니다.
사과 할아버지는 작업실 앞에 앉아, 나무로 바퀴 달린 인형을
만들고 있었습니다. 할아버지를 도우러 온 머위는 나무 톱밥을
가지고 노는 것이 훨씬 재미있었습니다.
"어서 오게, 바위솔. 아기들은 어떤가?"
사과 할아버지가 말했습니다.
"시끄럽지요."
바위솔 아저씨가 웃으며 대답했습니다.
"하지만 아주 귀여워요. 다만 눈초롱이 무척 힘들어해요.
방앗간은 살림집으로 적당하지 않으니까요.
시끄럽고 먼지도 많고 축축한데다 계단도 많거든요."

"우리 집에서 같이 살아요. 우리 엄마는 아기를 무척 좋아하시거든요."
"고맙다, 머위야. 하지만 네 어머니는 너희 넷만으로도 손이 모자라신
분이야."
"눈초롱을 도울 좋은 방법이 없을까?"
사과 할아버지가 동정 어린 목소리로 말했습니다.

그날 바위솔 아저씨는 방앗간을 수리할 목재를 구하러 사과 할아버지를
다시 찾아갔습니다.

"따라오게나."

바위솔 아저씨와 머위는 사과 할아버지를 따라서 저장 그루터기 옆,
산사나무 기둥 안의 오두막집으로 들어갔습니다.

"여기 이런 집이 있는지 몰랐네요."

바위솔 아저씨가 말했습니다.

"오랫동안 비어 있었지. 목재들이 젖지 않게 여기에 저장하고 있다네."

사과 할아버지가 말했습니다.

바위솔 아저씨가 적당한 널빤지를 찾는 동안
머위는 오래된 화덕을 눈여겨보고 있었습니다.

"이 화덕, 지금도 쓸 수 있어요?"

"아마 그럴 게다. 우리 이모님이 사실 때만 해도 이 집이 꽤 아늑했지."

갑자기 사과 할아버지가 손뼉을 쳤습니다.

"바위솔! 머위 덕분에 생각났는데, 이 집을 깨끗이 치우고 회칠을 하면
자네하고 눈초롱이 살기에 적당하지 않을까?"

바위솔 아저씨는 잠시 생각하더니 기쁜 목소리로 외쳤습니다.

"그렇겠네요! 눈초롱이 아주 좋아할 거예요!"

"이 방은 아기 방으로 딱 좋겠어요."
바위솔 아저씨가 햇살이 밝게 비치는 작은 방을 둘러보며 말했습니다.
"세례 받는 날까지 모든 걸 준비하도록 하자. 이건 눈초롱 아주머니에게는
비밀이다!"
할아버지가 머위를 보면서 말했습니다.
"아무 말도 안 할게요. 약속해요."

사과 할아버지와 머위는
사과 할머니에게 이 계획을
알리려고 돌능금나무 집으로
갔습니다. 바위솔 아저씨도 아기들 목욕시키는 것을 도우려고 서둘러
방앗간으로 돌아갔습니다.
"보세요! 망초가 기기 시작했어요!"
눈초롱 아주머니가 외쳤습니다.
바위솔 아저씨가 망초를 번쩍 들어
안아 주었습니다.
"정말 이사 가고 싶어요. 이곳에선 아기들에게 한시도 눈을 뗄 수가
없어요." 눈초롱 아주머니가 말했습니다.

사과 할머니는 찔레꽃울타리 마을의 모든 들쥐에게 연락했습니다.
다음 날 아침, 모두 물동이와 빗자루를 들고 산사나무 오두막집으로
모여들었습니다. 창문을 활짝 열고 바닥을 쓸고 닦고 문질렀습니다.
사과 할머니는 옷장을 치우고 벽장을 정리했고, 머위 엄마는 화장실을
닦았습니다. 바위솔 아저씨는 굴뚝이 막히지 않았는지 확인하려고
벽난로마다 나뭇단을 태워 보았습니다.
"이제 하얗게 회칠을 해야지. 네가 회반죽을 섞어 볼 테냐, 머위야?"
사과 할아버지가 말했습니다.
"칠이 마르는 대로 방앗간에서 가구를 가져올게요. 어떻게 하면
눈초롱 몰래 가구를 옮길 수 있을까요?"
바위솔 아저씨가 말했습니다.
"할멈에게 좋은 생각이 있을 거야."
사과 할아버지가 말했습니다.

앵초 엄마와 눈초롱 아주머니는 덤불 아래 앉아 바느질을 하고
있었습니다. 이른 아침 햇살 속에서 벌들이 꽃 속을 부지런히 들락날락
하며 윙윙거렸고 사방에는 산사나무 꽃향기가 가득했습니다.

"자! 이제 이불은 다 됐다."

앵초 엄마가 노란 꽃무늬 수의 매듭을 지으며 말했습니다.

"으름이 옷까지 만들어야 돼요. 시간 맞춰 끝낼 수 있을지 모르겠어요."

눈초롱 아주머니가 한숨지었습니다.

"좋은 생각이 있어. 오늘 밤에 아기들을 데리고 우리 집에 와서 자렴.
아기 옷도 함께 만들고 내일 아침 세례식 때 앵초가 아기 옷 입히는
것도 도와줄 수 있잖아."

앵초 엄마가 말했습니다.

"고마워요, 그러면 바위솔도 덜 힘들 거예요. 요즘 많이 바쁜가 봐요."

눈초롱 아주머니가 말했습니다.

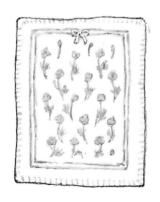

늦은 오후 무렵, 새 오두막집 정리가 거의 끝났습니다.
머위가 아기 방 벽에 마지막으로 칠을 한 번 더 했고
바위솔 아저씨는 가구를 가져다 놓으려고 방 크기를 재었습니다.
"음, 모두 꼭 맞겠어. 이제 방앗간에 가서 간식 좀 먹고 오자."
바위솔 아저씨가 흡족해하며 머위에게 말했습니다.

"세상에, 둘이서 뭐하다 온 거예요?" 눈초롱 아주머니가 온몸에 뭔가를
잔뜩 묻힌 머위를 쳐다보며 물었습니다.

"칠을 했어요! 아니, 그게……." 머위는 말을 하다 말고 머뭇거렸습니다.

"아기들을 위해 뭘 좀 했대요." 바위솔 아저씨가 얼른 말했습니다.

"정말 착하구나, 머위야." 눈초롱 아주머니가 말했습니다.

찔레꽃울타리 마을의 들쥐들은 모두 바빴습니다.

떡갈나무 성 부엌에서는 엉거시 부인이 아주 특별한 케이크를 만들고

있었습니다. 엉거시 부인의 딸 다래는 옆에서 과자를 구웠습니다.

새로운 산사나무 오두막집에서 머위 엄마가 상을 차리고 커튼을 다는

동안, 앵초 엄마는 아기 방에다 새로 만든 이불 세 장을 깔았습니다.

"이제 눈초롱을 데리러 방앗간에 가야겠어요."

앵초 엄마가 말했습니다.

"그래요, 눈초롱을 성으로 데려가면 곧바로 가구를 옮길게요."

바위솔 아저씨가 말했습니다.

눈초롱 아주머니는 짐을 싸느라 정신이 없었습니다.

"가져갈 게 너무 많아요. 오늘 밤은 그냥 여기 있을까 봐요."

눈초롱 아주머니가 아기들 잠옷을 챙기면서 말했습니다.

"안 돼! 안 돼! 안 가면 앵초가 아주 실망할 거야."

앵초 엄마가 둘러댔습니다.

눈초롱 아주머니는 기저귀, 우유병, 장난감, 유모차와 아기들을 데리고
아흔두 개나 되는 계단을 내려갔습니다. 드디어 떡갈나무 성으로 떠날
채비가 끝났습니다.

눈초롱 아주머니의 아기들은 밖에 나오자 아주 좋아했습니다. 도라지는
냇물을 보고 까르르 웃고, 망초는 딸랑이를 개울에 퐁당 던졌습니다.
들판에 다다르자 으름이는 유모차에서 나오려고 바동거렸습니다.

떡갈나무 성 앞에서 바위솔 아저씨가 식구들을 기다리고 있었습니다.
"기다리지 말고 먼저 자도록 해요. 오늘까지 끝내야 할 일이 있거든요."
바위솔 아저씨는 눈초롱 아주머니에게 인사를 하고 떠났습니다.

눈초롱 아주머니는 아기들을 목욕시키고 잠옷을 입혔습니다.

아기들은 새로운 곳에 와서인지 들떠서 야단이었습니다. 한참 떠들다

고요한 떡갈나무 성에서 모두 잠이 들었습니다. 눈초롱 아주머니는

앵초 엄마와 함께 등불 아래서 아기 옷에 레이스를 달았습니다.

"여기는 정말 평화로워요."

눈초롱 아주머니가 말했습니다.

그때 열린 창문 사이로 삐걱거리고 쿵쿵대는 소리가 들렸습니다.

"저게 무슨 소리일까요?"

눈초롱 아주머니가 깜짝 놀라며 말했습니다.

앵초 엄마는 얼른 일어나 창문을 닫고 커튼을 치며 말했습니다.

"앵초 아빠가 문단속하는 소리일 거야. 이제 그만 자도록 하자.

내일은 동이 트기 전에 일어나야 하니까."

다음 날 새벽, 찔레꽃울타리 마을의 모든 들쥐들이 세례식에 참석하려고
산사나무 숲으로 모여들었습니다.
해가 떠오르자 눈초롱 아주머니는 나이가 많은 봄메 할아버지에게
첫째 아기를 건넸습니다. 앵초는 깨끗한 꽃잎에서 모은 이슬 한 컵을
높이 들어 올려 봄메 할아버지가 아기 머리에 뿌릴 수 있게 했습니다.

"가지마다 맺힌 꽃망울이 피어나고
나뭇잎 사이로 찌르레기 노래 부르며
떠오르는 태양이 온 땅과 작은 생명
이 아기들을 환하게 비추리라."

봄메 할아버지가 부드러운 목소리로 축복해 주었습니다.

봄메 할아버지가 막내 으름이에게 세례를 주었을 때, 잎사귀에 빗방울 떨어지는 소리가 들렸습니다.

"어쩜! 우리 모두 비 맞겠어요!"

눈초롱 아주머니가 외치자 앵초 엄마가 말했습니다.

"아니야, 괜찮아. 모두 이쪽으로 와요. 아기들도 데리고!"

바위솔 아저씨는 눈초롱 아주머니를 데리고 산사나무 오두막집으로 뛰어갔습니다. 그리고 눈초롱 아주머니가 작은 집 안으로 들어가 비를 피할 수 있게 문 옆에 비켜섰습니다.

눈초롱 아주머니가 들어간 곳은 부엌이었습니다. 눈에 익은 그릇들이 찬장 선반에 놓여 있었고 기둥에는 꽃다발이 걸려 있었습니다.

"바위솔, 정말 작고 예쁜 집이네요."

"어디 한번 둘러봅시다."

눈초롱 아주머니는 앵초에게 아기를 맡기고 바위솔 아저씨와 함께 계단을 올라갔습니다.

"정말 아늑하네요. 여기는 누구네 집이에요?"
위층에 올라온 눈초롱 아주머니가 말했습니다.
바위솔 아저씨는 눈초롱 아주머니를 아늑하고 밝은 아기 방으로
데려갔습니다. 창문에는 새 커튼이 달려 있었고 커튼 밑에 놓인 작은
침대 세 개에는 수놓은 이불이 덮여 있었습니다. 이불은 하나는 분홍색,
하나는 노란색, 하나는 파란색이었습니다.

"아니! 바위솔……."

눈초롱 아주머니가 외쳤습니다.

"찔레꽃울타리 마을의 친구들이 당신에게 주는 선물이에요.
눈초롱, 우리 집에 온 걸 환영하오!"

바위솔 아저씨가 말했습니다.

눈초롱 아주머니는 바위솔 아저씨를 꼭 안았습니다.

"여태까지 받아 본 선물 중에서 가장 좋은 선물이에요."

눈초롱 아주머니는 이렇게 말하고 마을 들쥐들에게 고맙다는 인사를
하러 아래층으로 뛰어 내려갔습니다.

"이제 케이크를 자를 시간이에요."

머위가 소리쳤습니다.

모두 커다란 케이크 한 조각과 까치수염 아저씨가 마련한 꽃을 띄운
화채를 한 그릇씩 나눠 먹었습니다. 깨풀과 제비꽃 샐러드, 앵초꽃죽,
톱니꼬리차, 장미꽃 샌드위치도 있었습니다.

아기들은 신나서 바닥을 기어 다녔습니다. 눈초롱 아주머니는 아기들이
계단을 기어오르지 못하도록 사과 할아버지가 계단 앞에 만들어 놓은
작은 울타리가 특히 마음에 들었습니다.

케이크를 먹은 아기들은 온몸이 생크림으로 끈적거렸습니다.

갑자기 도라지가 울자 망초도 따라 울고
으름이는 식탁 밑에서 뒹굴었습니다.

"우리 아기들, 졸린 모양이구나. 이제 자러 가자."

눈초롱 아주머니는 아기들을 침대에 누이고 포근한 새 이불을 덮어
주었습니다. 아기들은 입맞춤을 해 주기도 전에 잠이 들었습니다.
눈초롱 아주머니는 손님들이 있는 부엌으로 살금살금 내려갔습니다.
사과 할아버지가 건배를 했습니다.
"아기들과 새 보금자리를 위하여!"
"도라지와 망초와 으름이의 작은 수염에 축복이 있기를!"
사과 할머니가 덧붙였습니다.

THE

THE
CHESTNUT WOODS

Nettlehornbeam

Crabapple
Cottage

T H E   F

Bloudebery Pond

Rabbit holes.

Brambly
Hedge